霧の中のブルー・BLEU BROUILLARD

竹林館

霧の中のブルー・BLEU BROUILLARD　目次

いけばな・写真　著者

いけばな・写真　著者

霧の中のブルー・BLEU BROUILLARD

中くらいの愛

中くらいに愛せる人なら
適度な喜びと満足感が得られる
自然に調整できて
罪も感じず
内臓をえぐられる思いもない

そうでないなら
いのちをそいでほしい
その人とその後の人生に

影響を与えない程度でありながら
一点の疑いも
一瞬のまじりけも
うそもなく
絶対的に
真実に
完全に
愛せるだけの時間
装う余裕もない時間
無理が許される時間
中くらいの愛　いのち　刹那

友よ

病院で誰にも
みとられず
死ぬということ

「十一キロですね
一六五〇円です」
と処理されるということ

物言わぬものを
鎖に繋いだまま
飼うということ

人とひと
痛みぐらいは
口にし
慰めあえないものなのか

ひとつ

逆らわずに
歩んできた

走っても
戻っても
転んでも

いつも
あなたが
そこにいた

私はずっと
そばにいた

線

偶然の出会い
必然のつながり
忘れえぬ日々が
点在する一本の線

十一回目のメッセージが
重ねられる
「お誕生日おめでとう」

選択

関わると自由が好きだと漏らし
導くと強制だと疎んじる
任せると決められる方が楽だと言い
束縛を演じると感情がうそになる

いつも自由に憧れながら
その重みに押しつぶされ
畢竟流れにゆだねる
曖昧と均衡に浪漫の極みを匂わせたまま

きちんと混乱して
きちんと選択してほしい
本当を感じ
永遠に触れるため

気が遠くなるほどの
沈黙

そして私は
その時を期待するのではなく
私の選択を重ねていく

いのち

喜びのとき
その極みで
ストーンと
絶ち切られたいと願う

患えば
途端に神妙になって

食べられた歩けたと
有り難がる

ただなかにあって
弾き飛ばされたいとも
しがみつきたいとも

まぼろし

目覚めると
となりで彼が死んでいた

眠りにおちたままの姿
不自然なほど穏やかな面持ちで

額に触れてみると
氷のように冷たく
弾力がない

ふと
たばこに火をつけ
口元に近づけるが
違うんだと
手を止める

生のまぼろしが
くゆる煙をたどるように
立ちのぼっては
消えてゆく

BLEU《ブルー》 BROUILLARD《ブルイヤール》

あの時からとりつかれてしまった霧

辺りに漂う水滴のブルーは
得体の知れない無数の煌き

曖昧な残酷さを秘めた
清冽な佇まいの中へ

どんどん分け入り消えてしまっても
ちりばめられたブルーは纏えないのに

*

よちよち歩き

一歳になったばかりの女の子
にこにこにこにこ　よちよち歩き
ふらふらしながらこちらに向かって

おなかを出して靴下も脱いで
よちよち歩きじゃお熱がでるよ
また遊びにくるね

やっぱりおかぜ引いちゃったって
それでも顔が見えると
にこにこにこにこ　よちよち歩き

なんと無防備で無垢なこと
大きな世界に踏み出した
小さなちいさな女の子

沈黙

言われたように
一度読んだら
手紙は捨てます

つかの間の煌きが
褪せぬよう

罵りでも蔑みでもいい
言葉をください
沈黙は死より孤独

小さな手

ガラス越しの手が
小刻みに揺れ
唇はきゅっと
結んだまま
まっすぐな瞳に
ぬるい水
眉は無造作に

ゆがむ

こじ開けられる
窓の透き間

遠のく音に
混じる呟き

うっすらにじむ
別れのかたち

そっとたたむ
小さな手

容量

そう　忘れていました
呼吸することを

余地を残して風を通せば
生まれ落ちることを

詰めこんで溢れ出すのを
待っていました

ゆっくり息を整えると
転がる音に気づくでしょう

片付け

散らかった荷物に
うんざりして思い立つ

戸惑う　懐かしむ　揺らぐ
破る　切る　燃やす
仕分ける　畳む　束ねる
移す　はみ出す　戻す

ようやく収まり
ソファに落ち着く

仕舞い込んだでこぼこと
折り合いをつける

ふとしたことで

繋がりが繋がりを生み
風が渡る
ありふれた風景が
熱を帯びる

花の香りに誘われ道に迷うと
さらさらとせせらぎが聞こえる
腰掛けたいベンチを見つける

ふとしたことではぐれても
辿った道はあるべき道
木に枝葉があるように
海に注ぐ川があるように

*

ある夏の日

慣れないピンクのビキニで
女の子が波打ち際に駆け寄る
浮き輪を手に
慌ててお父さんが後を追う
思わず
お母さんはカメラを構える

いつの間にか
おばあさんも一枚に納まっている

少し離れて見つめるおじいさんから
いつものしかめっ面が消える

抜けるような青に煌めく水面
時おり弾ける笑い声

暮れなずむ夏空も
ようやく淡い紅に染まる

季節

澄み切った青空から
さらさらと木の葉が舞い落ちる
桜は咲き誇って
散り急ぐ

加工してガラスにおさめた
深紅の薔薇は

置き去りにされて
もう眠りたいとぽつんと呟く

信頼

たかい　たかーい
思いっきり両手を広げて
子供が一瞬空に舞う

キャッキャとはしゃぐ声
弾ける笑み
小さな心が
抱きとめられる

調べ

あっ、ホタル

いつものきびきびとした歩調
伏し目がちな視線がなにげなく逸れる

確かに仄かな光が
川沿いに舞い

屋根をつたって
ファ・ソ・ド・レと揺らめく

溢れた水面から流れ着いた蛍
さ迷いつつ
哀しみを綴る

こども

こどもが笑うと木の葉がそよぐ
こどもが拗ねると花弁が揺れる
こどもが泣くと鳥が囀る
こどもが歩くと雲が流れる
こどもが転ぶと空気が寄り添う

手

唇は触れられることに戸惑い
固く閉ざされました

瞳は見つめられることに不慣れで
空を漂いました

言葉は添えられることが苦手で
切り落とされたままでした
ただ緩やかにほどけた指先から
掴んできたものが零れました

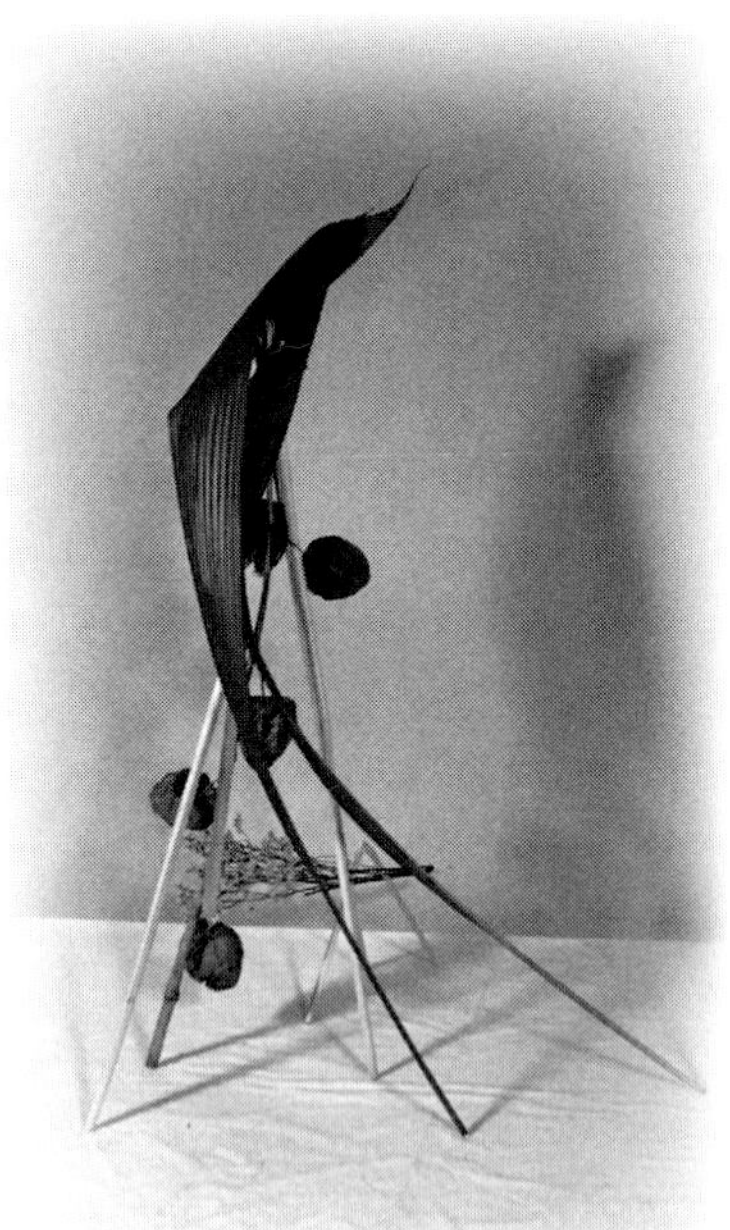

*

みず

そそぐため
あふれるため
たゆたうため
しみこむため
いやすため

無常

風雪を知った葉脈は
くるりと反り
柔らかな丸みが
新芽をかばう

しなった茎と
鈍色の面に
木洩れ日がゆれる

そして詩ができる

熱病に眩む
闇にじっと身を沈める
仄かな光があたる
上澄みを掬いとる

ぽたぽたと涙が落ちる
静かな響きを待つ
立ち位置が決まる
流れ始める

空白

あまりにも突然
遠い世界へ

ぽっかりあいた穴が
閉じることはない

ひとつ
またひとつ
支えきれなくなるまで
空白を抱えていたいのです

めばえ

きれいなにじ
たかくたかく
てをのばすけど
どうしてもとどかない

ねこをだっこしたくて
しっぽをつかんで
ひっかききず

ママのところへ
まっすぐはしると
ころんでひざをすりむいて

おとうとのまねして
ないてみたら
おねえちゃんは
ないちゃだめって

せかいにはなんだか
からくりがあるみたい

それぞれの朝

風のそよぎに
耳を澄ませる朝がある
雲の切れ目に
ふと惑う朝がある

翼をもがれた鳥になり
空に焦がれる朝がある

残り香を払い
一歩踏み出す朝がある

*

かえりみち

うすいピンク　しろ　みどり
ブルーがいちばんすき
べとべとになるから
はやくたべなさいって
おこられた

ひとさしゆびと
おやゆびにはさんだ
こんぺいとう

みんなでおよいだうみ
あのにじのブルーとおなじ

いのちの半ばで

二歳
太陽をつかもうと
両手を広げ駆け出しました

二十歳
塵と滴を知りました

今
黒をまとい目を閉じて
光の灯りを抱いています

あこがれ

すりガラスの
白い器に
淡い小さな
紫陽花と

黒を吹き付けた
ツゲの枝
軽くたたんだ
ヤツデも添えて

かすみ草を
散らしましょう

つつましくも
凛とした人の
立ち姿に似て

抜けるような
青空を切り取った
出窓におさまる

扉

待つ人のいる扉
気配のない扉

笑い声のもれる扉
押し黙る扉

バタンと閉まる扉
カチリと響く扉

ふたりを分かつ扉
ふたりを守る扉

過去を遮る扉
夢を繋ぐ扉

記憶

どこまでも遠い帰り道
砂ぼこりの舞う運動場
くるくる逆上がりしているいじめっこ
きゃっきゃっとふざけるクラスメイト
まつ毛の長い静かな少年
三差路で必ず吠える秋田犬

ほの暗い不気味な地下道
コーヒーの香り漂う喫茶店
ツタのからまる家の窓
角で待っている祖母の笑み

淡い記憶が今を支える

かたち

風にさらわれ
舞い散るもみじ
そっと寄り添う
祈りのかたち
枝につかまる
小さな手

葉書

冷たい雨が
落ちる朝
ひらひら舞いこむ
白い蝶
滲んだ文字が
心を灯す

やがて夜が明ける

こうして腕に
くるまって
鼓動の近くで
眠るとき
世界の敵から
守られる

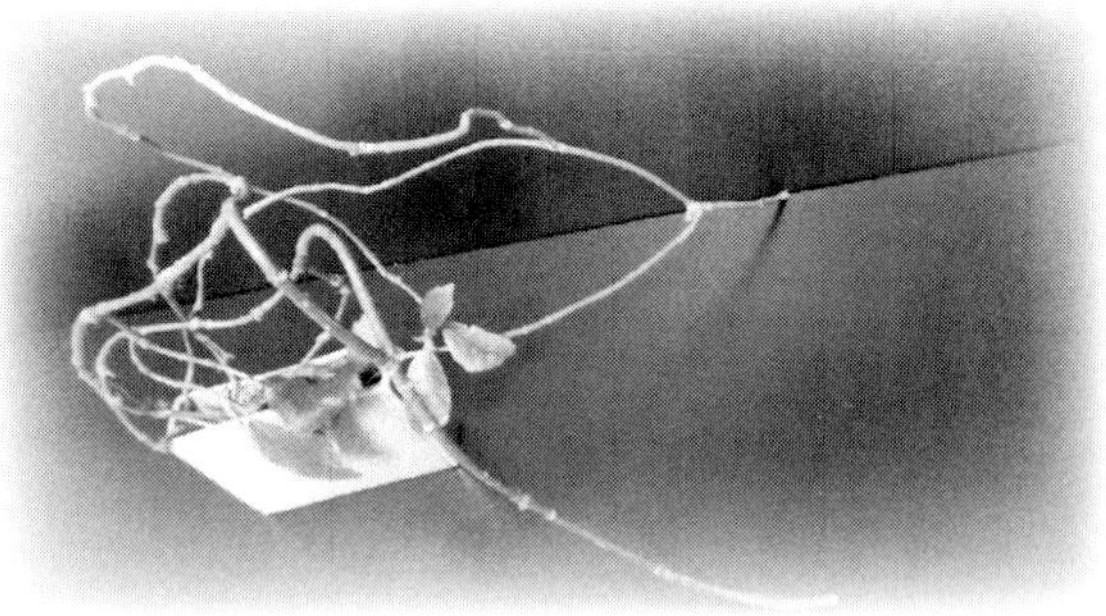

*

みずたまがはしってる

かえりのくるまの
そとはどしゃぶり
まどいっぱいの
あまつぶくん

コロコロながれて
おいかけっこ
つぎのなつ
うみのしずくになるのかな

二輪のバラを届けた午後

じりじりと時が迫り
少しずつ失いながら
ただ穏やかな一日を
祈り続けた

二輪のバラを届けた午後
淡いピンクの輪郭を確かめ
静かにほほえんで
最後の写真を選んでいた

友よ
あの日のほほえみを忘れない

ホタル

さらさら
木の葉が揺れている
ちらちら
ひかりが舞っている

つないだこの手が
ほどけたら
闇にのまれて
星になる

あじさい

庭の片隅で
静かな雨に打たれ
風の歌を聴いている

やがて陽が射し
薄紫の花びらは
羽を休める蝶になり

祈りを届けに
空を舞う

あなたが旅立ってから

白亜の天守に
舞う花を
梢に光が
宿るのを

つかのまの
海の緋色を
一緒に見ている
空のどこかで

パリの涙

おめでとうと
駆けつけて
小さないのちを
抱きしめる

そんな願いも
なにもかも
奪われてしまった

白い花に雨が落ち
ろうそくが街を揺らす

それでも信じている
愛しあうために
ひとは生まれてきたことを

車窓

戸口に立って
手を振っている
かじかむ指に
息を吹きかけながら

遠ざかるバスにむかって
いつまでも

花の咲くころ
坂の上の家に戻るまで

花を想う

何万本の花を
生けてきたことだろう
茎を留め
枝を切り

花びらを浮かせ
葉を重ねて
今は眺めていよう
水滴に光が揺れるあじさいを

わたしのうた

音とあかりを
そっと消す
うつぶせになって
からだを沈め
目を閉じて
じっと待つ

見えるものは
わたしのこころ

聞こえるものが
わたしのしらべ

それでも

思わず
ふりかえる
人混みに
消えても

たがいに
手を振って
交わした笑みが
つぎの約束

魔法

夜をひきさく
ベルの音
三回鳴って
魔法がかかる

遠くから
部屋の闇に
あなたの見ている
星空が届く

朝が待ち遠しくて

時計は止まったまま
明日が来ないみたい

あかりを消して
願いをかける

ゆっくり流れますように
あなたとの一日が

気配

呼びかけられて
立ち止まると
紫陽花の葉に
雫が転がる
引き受けた
悲しみを映して

触れられて
振り向くと
吹き抜ける風に
いつかの花が揺れている
大きく頷いて
送り出してくれた
あなたのように

空白にことばを注ぐ詩人

左子真由美

山本由美子さんの『霧の中のブルー・BLEU BROUILLARD』の原稿を読みはじめたとき、ふっと小川のせせらぎが聞こえたような気がした。

林の中を通り抜ける小さな川のせせらぎ。川辺の草や虫たちを潤し、光を浴びて小さな音をたてている。聞こうとしなければ聞こえないとても小さな水の囁き。そんな繊細な詩情を山本さんの詩に感じた。一読されたらわかるとおり、山本さんの詩はとても少ないことばで書かれている。多くを語らない。ゆえに、私たちは想像力を働かせ、人里はなれた林の中を歩くように、流れる空気や植物、小動物の気配を感じながら歩くことができる。そんな詩は珍しい。ついつい多くを語ってしまいがちな詩が多い中で、詩とはこういうものだったのだと改めて思わせてくれる。

さて、そのせせらぎとはいったい何なのだろうと考える。全編を流れている静かな気配。それは、私の勝手な想像だが、透明な哀しみと名付けてよいものではないだろうかと思う。霧が流れたり晴れたりするように、見え隠れするが、底辺に人生の忘れ物のようにいつも存在している何か。あるいは誰か。そして、詩人はそれを大切に抱えている。「空白」という詩が語るように「支えきれなくなるまで／空白を抱えていたいのです」と。おそらく詩人は誰しもそういった「空白」を抱えているのだろう。それが詩人に詩を書かせ、空白にことばを注がせる。そして、泉のようにことばが美しく湛えられたとき、哀しみを浄化し、希望へと変えてゆく力を持つ。山本さんの詩にはその力がある。「あじさい」という詩の中の蝶のように。

短い詩なので全文を引用する。

庭の片隅で
静かな雨に打たれ
風の歌を聴いている

やがて陽が射し
薄紫の花びらは
羽を休める蝶になり

祈りを届けに
空を舞う

「祈りを届けに」ということばのとおり、その浄化された心は祈りになって誰かのこころへ届くだろう。詩が最も成功した場合の働きのひとつは、祈りとなって誰かのもとへ届くことではないだろうか。

この詩集の中にはときどき子どもたちが登場する。彼らははっとするほど愛らしく、微笑ましい。「めばえ」の最終連、「せかいにはなんだか／からくりがあるみたい」には、初々しく瑞々しい視点を感じて瞠目した。こんなナイーブなこころを持ち続けるのは並大抵のことではない。汚れのない澄んだ目で世界を見る、また別の山本さんの一面に出会えた思いがする。

次に「ふとしたことで」という詩について語りたい。山本由美子さんという詩人の素晴らしさを語るのに様々な賞賛のことばがあるだろうが、私はこの詩にみる肯定的精神に大きな拍手を贈りたい。この詩は私の好きなことば、「人生は正しいのです。どんな場合にも」というリルケのことばを思い起こさせた。「ふとしたことで」の三連、四連を引用する。

ふとしたことではぐれても
辿ったみちはあるべき道

木に枝葉があるように
海に注ぐ川があるように

そう、間違ってはいない、これで良いのだと背中を押してくれることば。それは、耳にやさしいだけではなく、強い精神に裏打ちされているものだ。さらりとなにげなく置かれたことばだが、ずっしりと重い。この詩人の楚々とした清冽な佇まいの中には、揺らぐことのない地軸が垂直に通っている。

山本さんの詩を語ってまだまだことばがたりないが、最後に、この詩集が蝶のように祈りとなって誰かのもとへ届き、たくさんの人に愛されることを信じ拙文を終えたいと思う。この詩集の編集に携わることができた数ヶ月は、私にとってもとても幸せな経験であったことを記して。

あとがき

『コクトーの線が見たいなら』以降の「RAVINE（ラビーン）」掲載詩を主に、初期の数篇を冒頭に加えて纏めました。第二詩集です。

花を添えたのは、四十年近くご指導いただいている草月流の内山雅己先生があるときふと提案されたことが始まりです。難しくも心惹かれる試みでした。先生には、いけばなを通して詩作との接点である空間に語らせることの大切さを教わり、このたび貴重なご意見もいただきました。心よりお礼申し上げます。

あこがれの詩人、左子真由美様には、ひとつひとつ丁寧に進めながら美しい詩集を作っていただき、どれほど恵まれていたことでしょう。写真を微妙なモノトーンに仕上げてくださったおかげで詩と花が寄り添っています。身に余る跋文まで賜り、このうえなくうれしく光栄に存じます。これからまた新たな一歩を踏み出せます。ありがとうございました。

スローペースな私を静かに見守りながら刺激を与えてくださった「RAVINE」同人の皆様をはじめ、多くの励ましとお力に支えられましたことを幸せに存じます。

そしてご縁があって本書を手に取ってくださっている方々に感謝いたします。

二〇一八年五月吉日　　山本由美子

山本 由美子（やまもと ゆみこ）

関西詩人協会、日本英文学会、イギリス・ロマン派学会所属。
詩誌「RAVINE（ラビーン）」同人。

著書『コクトーの線が見たいなら』（京都修学社発行、宮帯出版社発売　2007 年）

E-mail: inglesiyy@gmail.com

霧の中のブルー・BLEU BROUILLARD

2018 年 6 月 5 日　第 1 刷発行
著　者　山本由美子
発行人　左子真由美
発行所　㈱ 竹林館
〒 530-0044 大阪市北区東天満 2-9-4 千代田ビル東館 7 階 FG
Tel　06-4801-6111　Fax　06-4801-6112
郵便振替　00980-9-44593
URL http://www.chikurinkan.co.jp
印刷・製本　モリモト印刷株式会社
〒 162-0813 東京都新宿区東五軒町 3-19

ISBN978-4-86000-383-8　C0092